Y0-BVP-196

TEXTES LITTERAIRES

Collection dirigée par Keith Cameron

XCIII

LA HOLLANDE MALADE

LA HOLANDE
MALADE

Raymond Poisson

LA HOLLANDE MALADE

Edition établie
et présentée
par

Louisette Navailles

University of Exeter Press
1995

First published in 1995 by
University of Exeter Press
Reed Hall
Streatham Drive
Exeter EX4 4QR
UK

British Library Cataloguing in
Publication Data
A catalogue record for this book is available
from the British Library

ISSN 0309-6998
ISBN 0 85989 465 7

Typeset by Sabine Orchard
Printed in the UK
by Antony Rowe Ltd, Chippenham

INTRODUCTION

La vie et l'œuvre de Raymond Poisson

La Hollande malade, comédie allégorique de Raymond Poisson, auteur dramatique des Grands Comédiens du Roi à l'Hôtel de Bourgogne et contemporain et rival de Molière au XVIIème siècle, fut jouée en baisser du rideau en 1672 et publiée chez Promé en 1673, au début de l'année.

La pièce est intéressante parce que c'est, d'une part, la seule comédie de ce genre écrite et produite par Raymond Poisson et une des rares du genre publiée au XVIIème siècle en France. A. Ross Curtis[1], le biographe de Raymond Poisson, n'en signale qu'un autre cas, *l'Amsterdam hydropique*, comédie en 3 actes et en octosyllabes que les contemporains ont dite plus faible sur le plan esthétique que la *Hollande malade*. Celle-ci a bénéficié, en effet, des qualités d'auteur dramatique de Raymond Poisson, lequel était capable de faire rire son public dans n'importe quelle situation.

Présenter Raymond Poisson est aisé, même si nos contemporains ont oublié sa notoriété au Grand siècle et négligé son œuvre pourtant peu ordinaire. Il serait né en 1630, selon ses biographes[2] et mourut à Paris en 1690. On trouve de lui-même plusieurs portraits à la Comédie Française, notamment celui de Netscher dans la grande salle du Comité. La gravure Edelinck, que le tableau a inspirée, se trouve à la Bibliothèque Nationale, ainsi qu'une seconde d'un graveur anonyme, accompagnée des quatrains suivants: (Cabinet des Estampes)[3]:

> Le Peintre et le Graveur nous ont dans ce Portrait
> Du célèbre Crispin donné la ressemblance
> Il vit. Il va parler: mais est-il aucun trait
> Qui pust de ses talens nous peindre l'excellence,

---

1 A. Ross Curtis, *Crispin Ier: la vie et l'œuvre de Raymond Poisson*, Klincksieck, Genève 1972, ch.1, p.5.

2 H. Lyonnet, *Dictionnaire des Comédiens français (ceux d'hier)*, Genève 1911, Tome II, p. 536.

3 La toile non signée est attribuée à Théodore Netscher, la gravure figure dans le catalogue de dessins relatifs à l'histoire du théâtre conservés au département des Estampes de la Bibliothèque Nationale, H. Bouchot, Paris 1896, N° 503-37. On y lit: T. Netscher Pinx. a Paris chez J. Audran graveur du Roy au Gobelins. G. Edelinck effigiem sculp. C. P. R. La gravure anonyme est accompagnée des vers suivants:

> Crispin par Cent Bizarerie
> Fait y bien a la Commedie
> Qu'il fait connoitre en peu de temps
> Qu'il en possede tous les Tallens.

Pour qu'on n'espère point de revoir son égal
Pour l'honneur de la Comédie
Que ne se peut-on ainsy que la Copie
Multiplier l'original.

Raymond Poisson fait avec Molière partie du célèbre tableau des 'Farceurs français et italiens depuis 60 ans et plus' qui se trouve à la Comédie Française et que l'on attribue au peintre florentin Verri. Ils y sont les seuls à être désignés par leurs noms comme si le peintre leur attribuait une notoriété supérieure à celle des autres artistes représentés.

Les origines de Raymond Poisson paraissent modestes; néanmoins *un Traité d'arithmétique* conservé à la Bibliothèque de l'Arsenal est attribué à son père qualifié de "Mathématicien des plus savans". On suppose qu'il fut précepteur[4]. Les recherches des biographes n'ont pas abouti jusqu'ici et il n'est pas possible actuellement de fournir d'informations plus précises. La mort de son père, survenue avant sa vingtième année, obligea rapidement le jeune homme à trouver un emploi chez le Duc de Créqui, Chevalier des Ordres du Roi, puis chez son frère, le Maréchal de Créqui[5]. Il débuta comme chirurgien, comme l'atteste une épître dans les *Diverses Poésies* dédiée à Monsieur le Vicomte de ...[6]

Bref vous eust besoin de moy,
Je m'escrimais de la lancette...
...
Nous fûmes donc sans Page ny Laquais
Chez mon Père auprès le Palais...

Et je croy que vous tiray
Dans une petite terrine
Qui tenait environ chopine
Trois paillettes de sang d'Agneau.

Cependant, ayant sans doute assisté au spectacle dans les théâtres de Paris comme le faisaient généralement les gens qui fréquentaient les bonnes maisons, il connut l'appel des planches et se retrouva, comme Molière, comédien ambulant. Nous savons qu'en 1654 il se trouvait à

4 Titon du Tillet, *Le Parnasse françois*, Paris 1732, Tome I, p. 442.
5 A. Jal, *Dictionnaire critique de Biographie et d'Histoire*, Paris, Plon, 1872 (sv), p. 982.
6 *Diverses Poésies* dans les *Œuvres Complètes* de Raymond Poisson, dans toutes les éditions, 'épître dédiée à Monsieur le Vicomte de...'.

Toulon, marié à une comédienne et déjà père d'un enfant. C'est grâce aux informations données par le *Minutier Central* que l'on a appris que sa femme et lui s'étaient liés pour un an à la troupe de Ville-Abbé puis à celle de Croisac. Le contrat a été signé en 1657[7] et Poisson interprétait les rôles comiques[8]. En 1659, il séjourna à Bordeaux où il fut officiellement recommandé par le Roi au maire de cette ville[9]:

> De par le Roy,
> Très chers et bien amez,
>
> Comme nous n'avons point mené en ce voyage nostre trouppe de commediens de l'hostel de Bourgongne, et que nous désirons que celle de Belleroche qui prend ce tiltre de nos comédiens représentent les pièces quilz ont en nostre ville de Bordeaux pendant le séjour que nous y ferons...
>
> signé Louis.

Belleroche était le nom de théâtre de Raymond Poisson en tournée.

Il avait déjà joué devant le roi, ce même été 1659, pendant les fêtes qui accompagnèrent la signature des préliminaires du mariage entre Louis XIV et l'Infante Marie-Thérèse d'Espagne[10] . On suppose que Poisson revint à Paris l'année suivante et fut bien accueilli à l'Hôtel de Bourgogne, car Molière était déjà un concurrent de choix pour les Grands Comédiens. Entre diverses considérations, il est permis de supposer que l'entretien d'une nombreuse famille incita Raymond à ajouter à sa charge de comédien celle d'auteur dramatique.

Raymond Poisson: un auteur dramatique méconnu

C'est en 1661 que Poisson donna sa première comédie, une farce et celle-ci, *le Sot vangé*, marque le rétablissement de la pièce en un acte, à l'Hôtel de Bourgogne. Deux ans auparavant, Molière avait remis à la mode à Paris la comédie en un acte, en jouant *Les Précieuses ridicules*. Certes, *le sot vangé* n'est qu'une farce, sur le thème moyenâgeux de la fable du Pont-aux-Anes, qui met aux prises une femme infidèle, un mari trompé et une racine

---

7 *Minutier Central*, LXXXI, page 63.

8 Georges Mongrédien, *Dictionnaire biographique des Comédiens français* du XVIIe siècle, Paris 1961, p. 31.

9 A. Detcheverry, *Histoire des Théâtres de Bordeaux* - Bordeaux 1960, p. 16.

10 Sylvie Chevalley, *Album théâtre classique, La vie théâtrale sous Louis XIV* , Gallimard, 1970, p. 63.

merveilleuse capable de rétablir l'ordre dans le ménage. Il n'empêche que la farce a fait connaître Poisson au public parisien. L'année suivante, il récidiva avec une nouvelle comédie, *Le Baron de la Crasse* (dont le thème est emprunté à Gilbert[11] pour la farce inclue dans la comédie). C'est l'époque où Molière a fait jouer au Palais Royal *Sganarelle, Dom Garcie de Navarre, l'Ecole des maris, et les Fâcheux.*

A cette période, l'Hôtel de Bourgogne présentait les tragédies de Thomas Corneille, *Camma reine de Galatée, Maximien* de Boyer et *Théagène* de Gilbert. Un retour à la petite comédie était devenu indispensable pour les Comédiens du Roi. Quoi qu'il en soit, le *Baron de la Crasse* fut la comédie de Poisson qui connut le plus grand succès[12]:

> On en parle à la Campagne, beaucoup plus que de toutes les pièces... aussi est-ce un des plus plaisans et des plus beaux tableaux de campagne, que l'on puisse jamais voir, puisque c'est le portrait d'un Baron campagnard ...

L'intrigue de la comédie est mince: dans son château du Languedoc, un Baron raconte à deux gentilhommes la mésaventure qui lui arriva à la porte de la chambre du roi. La porte se referma si brusquement que ses cheveux furent coincés et arrachés quand il parvint à se dégager, sous les rires des courtisans. Surviennent à ce moment des comédiens ambulants qui font choisir une comédie parmi les cinquante qui constituent leur répertoire, afin de la jouer devant le châtelain et ses invités. Poisson fournit de cette manière l'inventaire des œuvres comiques interprétées par les troupes au milieu du XVIIème siècle.

Deux ans plus tard, en 1663, Raymond Poisson fit jouer *Le Fou raisonnable.* Dans cette comédie, pour la première fois, il interprétait le rôle de Crispin, le valet picaresque qu'il avait lui-même mis à la mode. Et en 1665, pendant la période du Carnaval, riche en divertissements, il présenta aux Grands Comédiens, au Palais Royal, *L'Après-soupé des Auberges.* Le divertissement consistait en une 'mascarade de dix entrées' montée en une journée sur l'ordre du Roi, terminée par la comédie de Poisson[13]. Après cette comédie à la fantaisie débridée en grande partie

---

11 Jean Loret le 15 juillet 1662 signala l'emprunt au *Théagène* de Gilbert. (*La Muse Historique Recueil des Lettres à S.A. Mademoiselle de Longueville.* Nouvelle édition T. Ravenel, éd. V. de la Pelouze et de Livet, Paris 1857-78, 4 vol., Tome 1, p. 527.)

12 Donneau de Visé, *Nouvelles nouvellles* - Paris 1663, 3e partie, p. 240.

13 *Gazette* de Loret du 14 février 1665, citée par V. Fournel dans *Les Contemporains de Molière,* T. II, p. 566, Paris, 1863-75.

axée sur le comique verbal, Raymond Poisson s'est tu pendant trois ans en qualité d'auteur. Puis, en 1668, inspiré par une petite comédie, d'un auteur anonyme, *la Comédie des Poètes*, comprenant une mascarade espagnole, il écrivit le *Poète basque*. Dans cette comédie, comme dans la précédente, il utilisait les dialectes comme source de comique verbal. Les comédiens de l'Hôtel de Bourgogne faisaient partie de la distribution sous leur nom de théâtre, La Fleur, Floridor, Hauteroche, la Des Oeillets...

Cette même année 1668, Poisson produisit une nouvelle pièce en un acte: *Les faux Moscovites.* Cette comédie, œuvre de circonstance, fut inspirée par la visite à Paris d'une mission diplomatique russe. L'objectif du déplacement était d'établir des relations économiques entre les pays occidentaux et la Russie. Les Ambassadeurs amplement fêtés représentèrent une véritable attraction pour le public parisien. Ils se rendirent chez Molière qui donnait *Amphytrion* et au Théâtre du Marais où l'on joua pour eux *Les coups de l'Amour et de la Fortune.* L'Hôtel de Bourgogne avait prévu également un spectacle en leur honneur mais les Ambassadeurs ne purent y assister. Poisson écrivit alors, à la hâte, *Les Faux Moscovites*, comédie satirique en 456 vers pour leur rendre la politesse. Les frères Parfaict signalent que la première de cette farce eut lieu en octobre[14] après leur départ. En 1671, lassé d'être l'auteur de comédies en un acte, il créa *les Femmes coquettes*, une pièce en 5 actes sur le thème du jeu. C'est l'année suivante, en 1672, qu'il donna sur scène *la Hollande malade*, une farce allégorique inspirée par la campagne de Hollande.

La Hollande Malade

Pourquoi Raymond Poisson qui s'était jusqu'ici surtout intéressé à la vie sociale et aux moeurs de son époque, s'est-il soudain tourné vers la satire politique et l'allégorie? Sans doute, le contexte politique et social était-il riche et paraissait-il adéquat à un auteur dramatique connu de tenir le peuple parisien au courant de toutes les péripéties de cette guerre d'expansion menée par le Roi Louis XIV dans la province de Hollande.

La satire allégorique n'a pas réellement nourri le théâtre français en cette seconde moitié du XVIIème siècle. Une seule farce, d'un auteur anonyme parut en 1673 chez Barbin sur le même thème; il s'agit de *l'Amsterdam hydropique* de M.p.v.c.h.[15], comédie en trois actes, en vers

---

[14] Frères Parfaict, *Histoire du Théâtre français des origines jusqu'à présent* - Paris 1745, 15 vol. in 12, Tome VII, p. 357 et Tome X, p. 335.

[15] Un exemplaire se trouve à la bibliothèque de l'Arsenal (cote 5314), œuvre publiée chez Barbin en 1672. Curtis affirme que l'auteur en serait Calotin, d'après Quérard: *Les supercheries littéraires dévoilées*, 1869, p. 275.

octosyllabiques. Dans son avis au lecteur, l'auteur fait preuve de motivations semblables à celles de Raymond Poisson. Il disait:

> Le zèle ... que j'ay pour la gloire de mon Prince m'a fait entreprendre une production de cette nature; j'ay bien osé prendre la hardiesse de mêler la faiblesse de ma plume avec la grandeur de ses Armes pour ne jouer de mes ennemis; et j'ai crü que je ne pouvais faire une peinture assés facétieuse des Personnes que leur insolence et leur peu de conduite ont fait devenir la moquerie de toute la Terre.

Dans *l'Amsterdam hydropique*, l'auteur introduit un comte, appelé Amsterdam, à l'article de la mort, qui reçoit la visite de sa femme la Comtesse de Hollande, de ses deux filles, la Frize et la Zélande, de deux ministres Wic et Vembeuning et de plusieurs médecins, apothicaires, notaires et avocats. On donne à Amsterdam un lavement et on suggère que le remède à envisager soit le Soleil. Le langage assez malséant de cette pièce en effet peu comique fait douter qu'elle ait été jouée. Ce qui constitue la différence essentielle entre *l'Amsterdam hydropique* et *la Hollande malade* est que cette dernière a été écrite pour la scène. Même si nous ne connaissons pas la distribution de l'époque, nous pouvons dire que Goulemer a dû être interprété par Poisson, à cause de sa liberté de gestes et du comique verbal qu'il introduisait dans tous ses rôles. La Flamande rappelle *l'Après-soupé des Auberges* où l'on estropiait la langue pour répondre aux exigences du patois.

Une comédie allégorique

La Hollande malade, comme le précise A. Ross Curtis[16], n'entre pas dans la catégorie des pamphlets satiriques qui ont la forme d'une pièce comme *la Balance d'Etat* ou *Boileau* ou la *Clémence de Colbert.*[17] Les auteurs de ces pamphlets avaient, en effet, choisi de les composer en alexandrins et de les diviser en actes et en scènes mais ils ne s'attendaient pas à les voir jouer. Dans la *Hollande malade*, Poisson ne fait qu'exprimer des sentiments populaires. Et s'il a choisi la forme de l'allégorie pour l'exprimer, c'est parce que c'est un genre dramatique dont il existe bien des exemples, en iconographie au XVIIème siècle, en France, et à l'étranger, comme on le voit dans le *Musée de la caricature.*

---

16 A. Ross Curtis *Crispin* 1er, ch. 15, p. 245.

17 Harry Carrington Lancaster, *History of French Dramatic Literature of the Seventeenth Century*, Baltimore, 1920-42, T. III, p. 348-9.

Calhava de l'Estendoux lorsqu'il étudia en 1786[18] remarqua:

> On peut, je crois, définir l'Allégorie un masque dont on couvre un object qu'on veut cacher, on ne montre qu'à demi. Nous donnerons donc le titre de Comédie allégorique aux pièces dans lesquelles l'Auteur, mettant continuellement sur la figure de Thalie le masque de l'Allégorie, change le nom des choses, défigure même les personnes, et laisse au spectateur intelligent le soin de développer le sens caché.

Pourtant Calhava de l'Estendoux n'apprécia pas *la Hollande malade* qu'il préférait abandonner à la Foire et signala le caractère rare de la comédie allégorique. On n'en connaît que deux exemples cités ici.

Si les comédies satiriques ont été peu nombreuses dans cette partie du XVIIème siècle, celle de Poisson mérite d'être découverte ou redécouverte à notre époque parce qu'elle éclaire une période de l'Histoire de la France au XVIIème siècle et aussi parce qu'elle appartient à un genre d'écriture théâtral peu utilisé par les contemporains de Molière, la comédie satirique à caractère allégorique.

Certes, la satire est représentée abondamment dans les gravures de cette seconde partie du siècle et ultérieurement et elle illustre abondamment la campagne de Hollande. La meilleure preuve en est apportée par ces 'amateurs exécutant une courante'.[19] Les six personnages masculins, quatre assis et deux debout, manipulent des clystères ou frappent sur des tinettes, l'ancêtre de nos cuvettes de w.c., avec des balais pour nettoyer les toilettes. Le tout avec le plus grand sérieux. Ces doctes personnages vêtus de noir paraissent concentrés sur ce qu'ils exécutent.

Une seconde gravure, découverte elle aussi au Cabinet des Estampes de la Bibliothèque Nationale,[20] nous montre des personnages célèbres, en costumes représentatifs de leur pays et de leur rang, jouant aux cartes, sur deux tables, le sort de l'Europe. Le titre en est 'Le jeu de l'hombre des princes de l'Europe'.

---

18 M.F. Cailhava de l'Estendoux, *De l'art de la Comédie*, Paris, 1786, T. 1, p. 7.

19 Cabinet des Estampes, 51 B 73 78: La gravure, d'un graveur anonyme, rappelle la satire des médecins et des apothicaires chez Molière. La gravure non datée a une légende en allemand. Il est possible qu'elle soit postérieure à la pièce. La courante est une danse pratiquée au XVIIème siècle mais la courante signifie aussi flux du ventre chez Furetière. Il est difficile de déterminer l'origine de cette gravure.

20 Les deux gravures sont placées vis-à-vis dans le Recueil et se trouvent dans JAIME, *le Musée de la Caricature (ou Recueil des caricatures publiées en France depuis le XIVème siècle jusqu'à nos jours),* Paris, 1838, sans pagination. La seconde porte le numéro 83 C 114 787.

Fig. 129. Amateurs exécutant une courante. — Ärztliches Instrumentalkonzert.

Le jeu de lhombre des princes de L'europe
1re table
2me table

Raymond Poisson, comme les Parisiens, connaissait forcément ce type de gravures et s'en est sans doute inspiré pour écrire sa comédie en 1672. Chaque partie de la gravure possède une légende:

Pour le roi d'Angleterre:
'Vous avez bien de l'embarras
Et n'avez pas beaucoup d'estile
Moy dans ris que ni dans fracas
Je say bien gagner de codille'
Le Duc de Savoye:
'Quoique vous paraissiez avoir l'âme joyeuse
Je n'aimerais pas fait suivre votre party
Auprès du Roi Louis je suis même assorti
Car vous avez la main trop malheureuse'
Le Roy d'Espagne:
'Puid qu'ainsy va continuons le jeu
Je bats coupez donnez sans plus attendre
Puisque C'est le vouloir de Dieu
Je vous ferai Couvert dans prendre'
Le Roy de France:
'Le tapis est si peu garni
Que je vois petite récolte
Je trouve mon jeu si fourny
Que vous me payerez la volte'

Ils sont disposés ainsi autour de la première table de jeu de gauche à droite: Portugal - Espagne - France - Savoie - Angleterre. A la seconde table sont dans le même ordre: l'Europe qui fournit les cartons - Grand seigneur - Pologne et Lorraine et l'Empereur.

Les propos échangés sont les suivants:

L'Empereur au premier plan:
'Apprenez-moi comment vont vos affaires
Roy d'Espagne qui jouez d'autre part
Quant à mon jeu mes cartes nécessaires
Je les ai mises par malheur à l'écart'
Le Duc de Lorraine:
'Le jeu va devenir meilleur
Si vous voulez j'engagerai ma tête
Qu'en hasardant un peu plus Empereur

Vous retirerez votre tête'
Le Grand Seigneur:
'La bête à qui l'on en voulait
Méritait bien une forte entreprise
On ne vient pas à bout toujours de ce qu'on croit
J'ay tant fait qu'à la fin elle sera remise'
Le Roy de Pologne:
'Je me suis contenté de jouer pour autrui
C'est avoir trop de patience
Il faut que pour moi je commence
A jouer un coup aujourd'hui'

L'Europe fournit les cartes au milieu des deux tables tandis que des valets accroupis près de la cheminée échangent des propos:

'Pour vous échauffer plus le jeu
Nous allumons toujours le feu'.

La première table est carrée, la seconde ronde. On peut aisément constater qu'à cette époque, la politique de conquête du Roi Louis XIV était connue de tous mais qu'en plus la société policée du royaume suivait avec passion les moindres événements de cette gigantesque partie de cartes.

L'historique de la guerre:
Le Roi-Soleil revendiquait depuis 1667, en vertu du droit de dévolution, le duché de Brabant, le marquisat d'Anvers, la ville de Malines et plusieurs autres provinces. Aussi, de 1659 à 1668, il a successivement annexé Gravelines et Bourbourg, par le traité des Pyrénées, en 1659; Dunkerque, en 1662, Douai, Lille, Armentières et Bergues, par le traité d'Aix-la-Chapelle, en 1668. La guerre de Hollande avait débuté le 28 mars 1672, au moment précis où Charles II, allié de Louis XIV, était entré en guerre contre les Provinces-Unies. Le 28 avril, Louis XIV avait quitté Saint-Germain et, le 12 juin, les forces françaises commandées par Turenne franchissaient le Rhin. Le 3 juillet, le roi entrait à Utrecht, mais les Hollandais pour les retarder dans leur progression avaient déjà rompu leurs digues. Poisson participa à la polémique contre les Hollandais en créant, cette même année 1672, *La Hollande malade*. Il plaça son action avant la rupture des digues, c'est-à-dire avant l'arrivée de Louis XIV à Utrecht, le 3 juillet. A ce moment-là, les Hollandais, en rompant les digues, renversèrent la situation en transformant leur pays en une grande île. Les

Hollandais offrirent la paix, mais devant les exigences de Louis XIV et du ministre Louvois, ils se révoltèrent, accusant les frères de Witt de trahison, tandis que Guillaume d'Orange était proclamé Stathouder de Zélande et de Hollande, capitaine général et Amiral à vie, en juillet-août 1672.

Il est difficile de situer la date de la première représentation de *La Hollande malade*, faute d'informations précises. Lancaster, faisant référence à une lettre de Madame de Sévigné à sa fille Madame de Grignan cite:

> On a fait une assez plaisante folie de la Hollande: c'est une comtesse âgée d'environ cent ans; elle est bien malade; elle a autour d'elle quatre médecins: ce sont les rois d'Angleterre, d'Espagne, de France et de Suède.
>
> Le roi d'Angleterre lui dit: 'Montrez la langue: Ah! la mauvaise langue!'.
>
> Le roi de France tient le pouls et dit: 'Il faut une grande saignée'.
>
> 'Je ne sais ce que disent les deux autres, car je suis abîmée dans la mort; mais enfin cela est assez juste et assez plaisant'.[21]

L'allusion à un deuil fait surgir des doutes sur la vérité de cette description faite par Madame de Sévigné et Lancaster pense qu'elle relate ce qu'elle a entendu raconter par une tierce personne car cette relation comporte quelques inexactitudes. Cependant, il ne paraît pas accorder d'importance à l'avis de Fournel qui, lui, est persuadé que Madame de Sévigné fait référence à une gravure satirique de l'époque, intitulée: 'La comtesse de Hollande à l'article de la mort âgée de cent et un ans'. Dans cette gravure allégorique, l'on voit cinq médecins entourant la malade; et l'un d'eux est Suédois, comme dans le récit de Madame de Sévigné. Sur cette gravure, on distingue Madame Hollande, entourée, à droite d'un Danois, du Français, de l'Espagnol et de l'Anglais, les trois premiers s'activant, le dernier attendant. A gauche, le Suédois tâte le pouls, tandis qu'en retrait, le Prince d'Orange contemple la scène, à l'arrière-plan. La légende mentionne que la malade s'adresse à lui, en disant: 'Rendez à César ce qui lui appartient'. Au pied du lit, la gravure satirique montre un lion qui agonise d'une indigestion de grenouilles et d'une blessure faite par un lys français!

---

21 Lancaster, *History of French Dramatic Literature of the Seventeenth Century*, T. III, p. 351.

Dans le cas de *La Hollande malade*, nous disposons d'une iconographie importante qui représente, dans un cabaret, quatre personnages, en train de boire et de fumer. L'espace qui est montré est bien un espace théâtral. Cette œuvre de propagande politique témoigne de l'état d'esprit des Français vis-à-vis de la Hollande. C'est une attitude nationaliste; les écrits de Boileau et de Boursault, datés de cette époque, montrent le ton de supériorité que l'on affichait, en France, en parlant de cette province. Voici ce que dit Boileau:

Ce pays, où cent murs n'ont pu te résister
Grand Roi, n'est pas en Vers si facile à dompter.
Des villes, que tu prends, les noms durs et barbares
N'offrent de toutes parts, que syllabes bizarres;
Et, l'oreille effrayée, il faut depuis l'Issel
Pour trouver un beau mot, courir jusqu'au Tessel;
Comment en vers heureux assiéger Doesbourg,
Zutphen, Wageninghen, Harderwic, Knotzembourg[22]

Quant à Boursault[23], sa raillerie reflète davantage l'acrimonie des Français:

Insolens ennemis du plus grand Roy du Monde,
Redoutez son Courroux si longtemps suspendu:
Plus absolu que vous sur la terre et sur l'onde,
Il sçait ce qu'Il se doit, et ce qui vous est dû.
Le Nuage grossit et le Tonnerre gronde;
Avec joye en tous lieux son bruit s'est répandu;
Et c'est pour vos Guerriers une douleur profonde
Qu'à punir vostre Orgueil on ait tant attendu.

A l'origine de cette guerre se trouvaient de nombreuses raisons de châtier ces hérétiques républicains, au commerce si prospère! C'est là ce que traduit le reproche de l'Anglais à Madame Hollande, à la scène finale:

Vous n'avés point usé de regime du tout,
Madame, vostre mal nous pousse tous à bout;
Vostre clou, vostre poivre, et vos epiceries,
N'adjoustent rien de bon à vos intemperies,
Vos fromages encor irritent ce mal-là,
Et vous ne vous pouviez passer de tout cela (vv. 347-352).

---

22 Boileau, Epître IV, *Oeuvres*, Dresde, 1767, T. II, p. 265.
23 E. Boursault, *Aux Hollandais*, sonnet, Bibliothèque Nationale, in fol plano, ye 125.

LE CHAPELET DE
L'ESPAGNOL QVI SE DESFILE
Le Messinien
LA FLANDRE
MAL ATTELEE
La Flandre
La Discorde
Le Flamand
l'Holandois
La Paix

PL. 51
Trois tetes dans un Bonnet
Bagage Espagnol
Bagage Allemand
Bagage hollandois

Deux autres gravures, intitulées 'Le chapelet de l'Espagnol qui se défile'[24] et 'Trois têtes dans un bonnet'[25], illustrent les mêmes événements. Les trois cavaliers chevauchant sur un même cheval sont l'Espagne, la Hollande et l'Empire dans leur Triple Alliance inefficace puisqu'ils ne parviennent pas à empêcher la guerre tant leurs bagages sont lents à suivre (l'escargot espagnol, la grenouille hollandaise et la tortue allemande). (Cette gravure-ci n'est pas sans rapport avec la table 2 du 'Jeu de l'hombre'). On voit à l'arrière-plan une armée qui avance tandis que le premier cavalier fait remarquer 'Les objets que je vois sont de mauvais augure' et que le dernier remarque 'J'ai raison de crier ressentant mes blessures'. Il s'agit de la Hollande bien entendu.

La gravure,intitulée 'Le chapelet de l'Espagnol qui se défile', présente à gauche un personnage qui lève son verre tandis qu'un page lui parle. La légende dit:

De Catholicité ce faux devot se pique;
Mais depuis qu'il défent un Etat Hérétique
On le peut bien nommer Catholique à gros grain,
Son valet l'avertit par un soin inutile,
Que son grand chapelet tous les jours se défile.
Il n'y peut donner d'ordre, et c'est là son chagrin.

Et au-dessous, cette autre inscription:

Explication des chiffres
Contenans les noms de
Quelques-unes des villes
Conquises par les Français
Sur les Espagnols

Ensuite, plus bas, l'inscription suivante:

Bataille de Mont-Cassel
Et la victoire remportée par
Monsieur le 11 avril 1673:

Sur le chapelet les noms des villes conquises: Maline - Anvers - Ipres - Gand - Mons - Bruxelles. A gauche, le cartouche représente la prise et la

---

24 72 c 5882, *Musée de la Caricature*, ouvrage cité.
25 8192721 Ibid.

reddition de Cambrai. Au milieu, sous les jambes du personnage appelé le Messinien, l'inscription 'Honteuse levée du siège de Charleroi'. A droite de la gravure, en haut, il est inscrit:

> Le Suisse en belle humeur veut l'exciter à boire
> Mais le Messinien lui conte une autre histoire
> Qui redouble l'Aigreur de son Affliction
> Cependant le François, dont la manière ouverte
> Sçait généreusement profiter de sa perte
> Trouve que tout succède à sa Dévotion.

A droite de son chapelet est l'inscription: '35 villes de la Franche-Comté' et sur les boules du chapelet, on lit: 'Valenciennes, Cambrai, Condé, Bouchaire' tandis que l'homme à sa gauche tend Messine (main droite) et Fribourg (main gauche). Le cartouche de droite, en dessous représente la prise de Valenciennes. En dessous, une gravure intitulée 'la Flandre mal attelée' présente un calendrier de 1678. La gravure représente la discorde, brandissant des serpents dans sa main droite, dans un chariot tiré par un Espagnol et un Hollandais et dirigé à terre par un Flamand. L'inscription mentionne Fribourg réduite à l'obéissance par Monsieur de Créqui, le 16 novembre 1677. A l'arrière du chariot, on voit la Flandre assise et, derrière le chariot, la Paix tendant la main. On constate donc que durant la décennie de nombreuses gravures au sujet de la guerre contre la Hollande ont circulé en France et ont alimenté la curiosité des Français. Les dix ans qui précèdent le passage du Rhin furent marqués par l'expansion territoriale de la France. L'armée, réorganisée par Louvois et la marine, relevée par Colbert, représentaient des dangers très réels pour les autres pays d'Europe. En 1667, Louis XIV commença la conquête des Pays-Bas espagnols. Pris de panique, l'Angleterre et la Hollande conclurent en 1668, la Triple Alliance (soit les 3 têtes dans un bonnet). Pendant quatre années, de 1668 à 1672, une longue suite de négociations diplomatiques entre la France, les princes allemands, les Impériaux, l'Autriche, la Suède, l'Espagne et l'Angleterre, se mit en place. Du côté hollandais, la prospérité du pays, les riches manufactures, le commerce actif, les pêches, les fromages, etc.. Voyant tout ceci, un vague relent d'antipathie religieuse se mêlant, Louis XIV se lança donc dans les préparatifs d'une guerre destinée à affaiblir la trop puissante Hollande[26]

---

26 A. Ross Curtis, *Crispin Ier*, p. 237.

Résumé de la *Hollande malade*:
Le matelot hollandais Goulemer (Scène 1) fait référence au combat naval qui vient d'avoir lieu[27]:

> Ruyter était sorti des ports hollandais avec soixante douze vaisseaux de guerre et soixante douze frégates au-devant de la flotte anglo-française, commandée par le duc d'York et le comte d'Estrées. Il la rencontra en vue de la baie de Southwold ou Solbay, sur les côtes du Suffolk, et leur livra le 7 juin une bataille qui dura tout un jour.

Le récit de Goulemer est un récit rapporté mais fidèle de l'événement. Lorsqu'on lit, Le sens du texte paraît clair: 'Elle n'est plus d'humeur à brocarder les gens'[28]. Il faut comprendre que la liberté d'impression d'Amsterdam et de Leyde irritait fort la monarchie. Et que, de plus, la médaille qui les représentait sous les titres d'Arbitres des Rois, de Réformateurs de la Religion et de Protecteurs des Lois irritait également au plus haut point les monarchies catholiques. Quant à la marine et à la pêche, les vers suivants indiquent que leur puissance irrite:

> 'Vostre Pesche aux Harans encor, quoy qu'on en die,
> Cause une bonne part de vostre maladie (vv. 385-386).'

Curtis signale à ce propos[29], les litiges existant entre l'Angleterre et la Hollande, au sujet des droits de pêche.

Dans l'histoire du théâtre, le choix de l'allégorie peut, malgré tout, surprendre car peu d'œuvres de ce genre sont répertoriées au XVIIème siècle. D'ailleurs, la petite comédie est en régression en cette période: Scherer n'en cite que 14, de 1670 à 1679, contre 52, de 1660 à 1669[30]. Il ne cite pas *la Hollande malade*. Mélèse dans sa thèse complémentaire, ne la cite pas non plus. Le *Mémoire* de Mahelot la passe sous silence. Elle a été publiée chez Promé, en 1673, un an vraisemblablement après avoir été jouée pour la première fois. Cette édition ne comporte pas de dédicace. La pièce connut un succès éphémère; elle ne figura pas au répertoire de l'Hôtel de Bourgogne et pas davantage à celui de la Comédie Française.

---

27 Dareste AEC, *Histoire de France*, p. 447 - Paris 1867, T. V., vers 23 à 36, p. 5.
28 Vers 60; sens: La Hollande.
29 A. Ross Curtis, *Crispin 1er*, ch. 15, p. 243.
30 J. Scherer, *La dramaturgie classique en France* , Paris 1950, Appendice.

A l'insu des Hollandais, Louis XIV fit rompre la Triple Alliance, à partir de l'Angleterre. Il réussit aussi à désintéresser la Suède avant le passage du Rhin. L'Angleterre trouva un prétexte pour rompre avec la Hollande et la guerre fut déclarée. La guerre prit le cours suivant: la capitulation de plusieurs grandes villes, l'attaque lancée par la marine hollandaise et par la marine anglaise. La république fut renversée et le jeune prince d'Orange devint Stadhouder à 22 ans. On perça les digues et dès lors s'installa une situation d'attente pour les Français. La guerre dura jusqu'en 1678. La scène qui se déroule dans le Cabaret montre que Raymond Poisson est fort bien informé de tout ceci. Madame Hollande doit prendre un lavement préparé par les Français et fait d'une poudre étonnante de salpêtre et de plomb[31]. Quant à Poisson, on peut dire que c'est la guerre seule qui peut expliquer son choix d'une œuvre théâtrale allégorique et c'est cette seule gravure qui a poussé Promé à l'imprimer, un an probablement après qu'elle a été présentée au public[32]. Cette édition est accompagnée de la planche gravée montrant dans un cabaret des gens assis à l'avant-scène, discutant et buvant à deux tables voisines. L'achevé d'imprimer est daté du 17 décembre 1672. *La Hollande malade* fait partie du recueil des *Œuvres Complètes* de Raymond Poisson publié en 1678 chez Ribou. L'achevé d'imprimer est daté du 26 août. En 1681, Ribou fit paraître une seconde édition des *Œuvres* de R. Poisson. *La Hollande malade* ne fut pas présentée dans l'édition de Trojel publiée à la Haye en 1680.

La Hollande malade n'a jamais depuis été rééditée seule; d'ailleurs l'ensemble de l'œuvre de notre auteur reste à découvrir puisqu'aucune édition complète de celle-ci n'a été publiée depuis le milieu du XVIIIème siècle. Mouhy considère *La Hollande malade* comme passable pour le temps. Mais tout le monde depuis l'a boudée car elle a produit l'effet d'une gazette donnant l'information[33]. Elle n'a pas la gaîté que l'on trouve d'habitude chez Poisson et les portraits mal esquissés ne retiennent pas l'attention.

Structure de la pièce

Le prologue ou exposition installe le spectateur ou le lecteur dans un cabaret d'Amsterdam. Goulemer, le matelot et Frelingue la Hollandaise sont assis à une table, tandis que Marille la servante de la Hollande et Badzin, un Hollandais, sont assis à l'autre. Ils devisent et Goulemer

---

31 A. Ross Curtis, *Crispin 1er*, ch. 15, p. 237, vers 18.

32 *La Hollande malade (la Comtesse malade)*, Paris, Promé, 1673, in 12.

33 A. Ross Curtis, *Crispin 1er*, ch. 15, p. 246.

s'enquiert de la santé de Madame Hollande qui ‘a le mal de mer et le mal de terre’ (vers 6). Cependant, si l'on en croit Curtis, les Hollandais l'ont peut-être vue représenter car elle fut traduite[34]. La *Gazette de Hollande* cite, le 15 décembre 1672, ‘une nouvelle comédie du sieur Poisson, toute remplie de figures...’. Comme toutes les petites comédies, son rôle fut de terminer la représentation théâtrale, ‘empruntant à la farce son caractère d'œuvre de circonstance ou de satire d'actualité’[35]. Le Prologue montre un échange de propos entre Hollandais et met le spectateur au courant de la situation dramatique: La Hollande est malade. Le titre ‘La Comtesse malade’ montre la considération que l'on avait pour elle en Europe car on l'a annoblie. La scène II énumère pour les spectateurs les diverses raisons économiques qu'offre la Hollande à ses ennemis pour exciter leur jalousie. Elle compte sur ses Alliés pour l'aider. A la scène IV et à la scène V, la Flandre, une des fille de la Hollande, évoque les attaques de ses villes fortes telles qu'elles apparaissent sur le chapelet de l'Espagnol. On évoque aussi au vers 180, le jeu de carte de l'hombre et distribution des cartes en Europe. Scène VII: Ce sont les bourgmestres, fermement isolationnistes, qui la mettent en garde contre les ‘Médecins’ étrangers. Scène VIII: Nous assistons à des affrontements entre républicains et royalistes. A la scène dernière, la Hollande pense que les eaux lui seraient salutaires. On envisage alors la rupture des digues. Comme dans *le Malade imaginaire* ou *le Bourgeois Gentilhomme*, Poisson veut terminer sa farce par un ballet. Le tableau final est celui du *Musée de la Caricature* raconté par Mme de Sévigné dans sa lettre. Poisson, après le succès temporaire de la *Hollande malade*, cessa d'écrire pendant huit années et ce ne fut qu'en 1680[36], qu'il produisit *Les Fous divertissans,* une comédie en trois actes à qui sa longueur interdisait d'être un baisser de rideau. L'intrigue se déroulait aux Petites Maisons. Poisson, qui figurait parmi les pensionnaires de la Comédie française se retira en 1685, à la clôture d'avril. Louis XIV, à sa mort en 1690, daigna dire que sa mort constituait une perte et qu'il était bon comédien. Après sa mort, Dancourt réduisit *Les Fous divertissans* en une comédie en un acte, le *Bon Soldat* qui fut jouée très longtemps. Nul n'exhuma jusqu'ici *La Hollande malade*; on considère sans doute qu'avec elle une page d'histoire de France et d'Europe avait été tournée et qu'il convenait de l'oublier. Raymond Poisson est resté à la postérité à cause du

---

[34] Mouhy Charles de Fieux, *Tablettes dramatiques contenant l'abrégé de l'Histoire du Théâtre*, Paris, 1752, 1 vol. in 8, p. 119.

[35] Gravure citée, *La Comtesse malade âgée de 101 ans*.

[36] Sylvie Chevalley, 'Les derniers jours de l'Hôtel de Bourgogne', *Revue d'Histoire du théâtre*, 1965, p. 403-407.

rôle de Crispin qu'il a légué à ses descendants et qui fut interprété à la Comédie Française par plusieurs d'entre eux.

Le texte

L'édition utilisée pour cette étude critique est l'édition J. Rihou de 1681 qui se trouve à Lyon à la Bibliothèque Municipale cote 321724 en 2 volumes[37]. Il s'agit de l'édition des *Œuvres complètes* de Raymond Poisson.

> LES/ OEUVRES/ DE/ Mr POISSON./ A PARIS,/ Chez JEAN RIBOU, au Palais, dans/ la Salle Royale, à l'Image S Loüis./ M. DC. LXXXI./ *AVEC PRIVILEGE DV ROI./*

Poisson n'a jamais modifié les textes, aussi sont-ils identiques dans les éditions successives. La graphie et l'orthographe ont parfois été simplifiées afin de conférer au texte pour un lecteur contemporain un maximum de lisibilité.

Le choix de l'édition des *Œuvres* de Raymond Poisson chez Ribou en 1681 pour l'étude du texte a été fait parce qu'il s'agit de la dernière édition des *Œuvres complètes* parue du vivant de l'auteur. Néanmoins, le texte des comédies n'a subi aucune variante depuis l'édition princeps de 1678, produite également par Jean Ribou.

Ribou a repris l'édition initiale de Promé et l'a ajoutée aux autres comédies. Une étude comparative a été effectuée entre ces différentes éditions, sans succès. Il n'a pas été possible de découvrir, jusqu'ici, comme ce fut le cas pour deux autres comédies de Raymond Poisson, *Le Baron de la Crasse* et *Le Fou raisonnable*, jouées à la Comédie-Française, des variantes à la plume, destinées à la scène[38].

L'édition originale (Promé 1673, in 12-Paris) a pour titre La *Hollande malade* comme l'atteste notre frontispice. La planche gravée représente la scène du cabaret avec le titre en frontispice. Ce pourrait être l'enseigne du cabaret. Par contre, Madame de Sérigné fait allusion à une Comtesse. Elle relate ainsi la pièce:

---

37 *La Holande malade* se trouve dans le second tome, pp. 337-368.

38 Voir Raymond Poisson: *Le Baron de la Crasse et l'Après-Soupé des Auberges*. Texte établi, présenté et annoté par Charles Mazouer (Paris, Nizet, 1987).

> C'est une comtesse d'environ cent ans; elle est bien malade, elle a autour d'elle quatre médecins: ce sont les rois d'Angleterre, d'Espagne, de France et de Suède[39].

On peut supposer que l'estampe populaire qui orne certaines éditions a donné à la *Hollande Malade* ce second titre *La Comtesse malade*; la personnification de la Hollande aurait conduit à cette substitution. La date imprécise de la première de la comédie rend incertaine la primauté de l'un ou de l'autre titre. Certaines éditions contiennent la gravure de la Comtesse à l'agonie, d'autres non. C'est le cas des deux exemplaires de la Bibliothèque Nationale. Ce double titre constitue une originalité de plus pour cette comédie.

---

39 *Lancaster*: *History...*, t.III p. 351.

BIBLIOGRAPHIE

AMSTERDAM HYDROPIQUE, de M p V C H, chez Barbin, en 1673.

ATTINGER, G., *L'esprit de la commedia dell'arte dans le théâtre français*, Paris 1950, (Neufchâtel, 1950).

BOILEAU, *Œuvres*, (Dresde, 1767).

BOURSAULT, E., *Aux hollandais*, sonnet, Bibliothèque Nationale, ye 125, in fol plano. s.l. (1672).

CHEVALLEY, S., *Album théâtre classique, la vie théâtrale sous Louis XIII et XIV*, (Paris, Gallimard, 1970).

CHEVALLEY, S., 'Les derniers jours de l'hôtel de Bourgogne', *Revue d'Histoire du Théâtre*, (1965), pp. 403-404.

CURTIS, A. Ross, *Crispin 1er, La vie et l'œuvre de Raymond Poisson, comédien-poète du XVIIème siècle*, Klincksiech, d'après University of Toronto Press, (1972).

DARESTE, A.E.C., *Histoire de France depuis les origines jusqu'à nos jours*, (Paris, 1867).

DE L'ESTENDOUX, M.F. Cavalha, *De l'art de la comédie*, (Paris, 1786) tome 1.

DETCHEVERRY, A., *Histoire des théâtres de Bordeaux*, (Bordeaux, 1960)

DONNEAU de VISE, J., *Nouvelles nouvelles*, (Paris, 1663), en 3 parties, in 12.

FOURNEL, V., *Les Contemporains de Molière*, (Paris, 1863-75), 3 vol. in 8.

JAIME, E., *Musée de la caricature ou recueil des caricatures les plus remarquables publiées en France depuis le XIVème siècle jusqu'à nos jours*, avec un texte historique et descriptif, (Paris, 1838), 2 vol. in 4o

JAL, A., *Dictionnaire critique de biographie et d'histoire*, (Paris, 1872).

JURGENS, M. et FLEURY, M. A., *Documents du Minutier Central concernant l'histoire littéraire*, (Paris, 1960).

LANCASTER, H., Carrington, *A history of French dramatic literature of the seventeenth century*, (Baltimore, 1929-42).

LORET, J., *Muse historique*, (Paris, 1857-58).

LYONNET, H., *Dictionnaire des comédiens français (ceux d'hier)*, (Genève, 1911-12), 2 vol. in 4o.

MAZOUER, Charles, *Le Baron de la Crasse et l'Après-Soupé des Auberges*, Paris-Nizet 1987.

MONGREDIEN, G., *Dictionnaire biographique des comédiens français du XVIIe siècle*, (Paris, 1961).

MOUHY de FIEUX Charles, *Tablettes dramatiques contenant l'abrégé de l'histoire du théâtre*, (Paris, 1752).
NAVAILLES, Louisette, 'Histoire du Théâtre: Raymond Poisson, Crispin 1er', *Revue des Arts du spectacle*, (1993, 1).
NAVAILLES, Louisette, 'La dynastie Poisson', *Revue d'Histoire du Théâtre*, (1994, 2).
NAVAILLES, Louisette, 'Raymond Poisson, comédien-auteur de l'Hôtel de Bourgogne au XVIIème siècle', *Revue d'Histoire du Théâtre*, (1991, 3).
PARFAICT, Frères, *Histoire du théâtre français des origines jusqu'à présent*, (Paris, 1745).
POISSON, R.,

La Comtesse malade, Paris , Promé, 1673 in -12 BN Rés. Yf 4092.
Œuvres complètes:
Les Œuvres de Monsieur Poisson ..., Paris, J. Ribou, 1678 in -12 ARS 6660 & 8° BL 12864.
Paris, J. Ribou, 1679 in-12 ARS Rf 6661 & 8° BL 12865-6;
BN Yf 3349; BM 1568/6731
La Haye, A. Trojel in-16 1680 ARS Rf 6662 (1) & 8° BL 12867.
Paris, J. Ribou, 1681 in-12. ARS Rf 6663; BM 11736. bb. 3
Paris, T. Guillain 1687 in-12. ARS Rf 6664; BC PQ 1879 .p 48; BN Yf 12322-3.
Lyon, Guerrier, 1695 in-12. ARS Rf 6665; BM. RB. 23. a. 475
Paris, Pierre Ribou 1714 in -12. BC Hfc 27 47T.
Paris, Veuve Ribou 1723 in -12. BM 242. f. 14; BN Yf 3351;
BC 3858811
Paris, Libraires associés, 1743 in-12. ARS Rf 6666; BN Yf 12320-1.

[Ces ouvrages se trouvent à la Bibliothèque Nationale (BN), à l'Arsenal (ARS), au British Museum (BM) et à la Bibliothèque du Congrès (BC).]
SCHERER, J., *La dramaturgie classique en France*, (Paris, 1950).

TITON du TILLET, Evrard, *Le Parnasse françois*, (Paris, 1732), 2 vol. in fol.

LA
HOLANDE
MALADE

COMEDIE

ACTEURS. [338]

LA HOLANDE.	
BELINE,	sa suivante.
MARILLE,	Servante de la Holande.
GOULEMER,	Matelot.
FRELINGUE,	Holandoise.
BADZIN,	Holandois.
LA FLAMANDE.	
L'HOSTE.	
I. BOURGUEMESTRE.	
II BOURGUEMESTRE.	
MEDECIN FRANCOIS.	
MEDECIN ESPAGNOL.	
MEDECIN ANGLOIS.	
MEDECIN ALLEMAND.	
PACOLE,	Servante.

La Scene est à Amsterdam.[1]

---

[1] dans la ville, sans autre précision.

[339]

LA

HOLANDE

MALADE

COMEDIE

SCENE PREMIERE

GOULEMER, FRELINGUE,
BADZIN, MARILLE.

Il paroist un Cabaret à Biere, où Goulemer et Frelingue sont à une Table, et Marille et Badzin à l'autre, beuvant et fumant.

GOULEMER.

Beuvons ce pot. A vous?

FRELINGUE.

C'est ce que je demande.

GOULEMER.

Comment va la santé de Madame Hollande?

FRELINGUE. [340]

Chacun dit que son mal prend un fort mauvais cours.

GOULEMER.

Comment?

v.3 allusion au caractère ponctuel de l'actualité historique: les événements de juin 1672.

FRELINGUE.

C'est qu'on la voit empirer tous les jours.

GOULEMER.

5 Elle a le mal de Mer, & la Fievre la serre.

FRELINGUE.

Elle a le mal de Mer, elle a le mal de Terre,
Elle a..Que sçay-je enfin? Elle n'est pas trop bien;
Cent drogues qu'on luy fait, ne luy servent de rien.
Si l'on la peut sauver, la cure sera belle.
10 Taisons nous; Ces Gens-là sont je croy de chez elle.

MARILLE.

Chacun la tient fort mal.

BADZIN.

Oüy, je la viens de voir.

MARILLE.

Elle doit prendre encor un lavement ce soir,
On la fera mourir.

---

v.6 *Elle a le mal de Mer, elle a le mal de Terre*: la Hollande est assiégée. Louis XIV étant parvenu à faire rompre la Triple Alliance, traité signé en 1668, les Hollandais ne pouvaient plus compter su l'appui de l'Angleterre et de la Suède. Les Français, après avoir franchi le Rhin, sont là. La marine anglaise lance une attaque contre la marine hollandaise tandis que les grandes villes capitulent une à une.
Une planche gravée de l'édition de 1673 illustre cette scène d'introduction.

v.9 La Gazette est là pour informer Poisson et les Français de la situation politique et militaire et les "drogues" administrées que mentionne Frelingue, indiquent l'état critique, dans lequel se trouve cette province, après la perte de ses places fortes.

v.11 *la tient:* la considère comme.

BADZIN.

Je pense qu'on y tâche.
Pourquoy ce lavement? on dit qu'elle est si lâche,
15 Qu'elle laisse aller tout.

MARILLE.

De moment en moment
Elle en prend, mais c'est bien contre son sentiment.
Ces lavements sont faits d'une Poudre étonnante,
Qui luy fait rendre tout.

BADZIN.

Elle est fort violente.
Entre-t'il pas dedans du Salpestre et du Plom?

MARILLE.

20 Je ne sçay. L'on diroit de la Poudre à Canon. [341]

BADZIN.

C'est cela. Ce mal la prit avec violence.

MARILLE.

C'est un air empesté, qui vient (dit-on) de France.

GOULEMER.

Ce n'éstoit que fumée et que feu tout le jour,
Nous ne nous vismes point non plus que dans un four.

---

v.14 remarque concernant la responsabilité de l'armée française dans les défaites subies par les Provinces-Unies.

v.17 c'est-à-dire, de la poudre à canon. Allusion scatologique

v.22 les 10 ans qui ont précédé le passage du Rhin furent marqués par l'expansion territoriale de la France, notamment en Flandre (Gravelines et Bourbourg, grâce au traité des Pyrénées, en 1659; Dunkerke, en 1662; Douai, Lille, Armentières et Bergues, par le traité d'Aix -la- Chapelle, en 1668).

25 Sur Mer il faut chômer la Feste toute entiere,
On ne trouve point là de Porte de derriere.
Quand cent coups de Canon vous fracassent vos Mats,
Qu'il a mis sur le Pont des trente Hommes à bas,
Et sans cesse bou-bouë, & des coups effroyables
30 Qui jettent vostre Mat à tous les mille Diables,
Ou que quelque Brulot s'accroche à vostre Bord,
C'est là qu'il faut perir. La frayeur prend d'abord.
Le Brulot fait effet, le feu prend à la Poudre,
Et tout d'un coup boudouë, ah c'est le coup de foudre;
35 Les Brulots, les Canons, les Hommes, les Vaisseaux,
Parcorbleu vous sautez tous comme des Crapaux.

MARILLE.

On dit bien, quand on vit la Comette parestre,
Que les François un jour nous feroient du bissestre.

GOULEMER.

Ils sont mordienne tous des vrais Frape-d'abord.

BADZIN.

40 Chacun perdit il bien des Hommes dans son Bord?

GOULEMER.

J'en vis tuer quarante au nostre.

---

v.26 relation par un témoin. Poisson avait déjà utilisé ce procédé dans le *Fou raisonnable* en 1668.
v.29 à n'en pas douter, Poisson interprétait le rôle du matelot Goulemer car à la relation épique, se mêle le grotesque des onomatopées susceptible de s'accompagner de gestes appropriés.
v.30 *Leçon originale*: vostre Mats
v.33 *brulot :* terme de marine. Vieux vaisseau que l'on emplit de matières combustibles et qu'on attache aux vaisseaux ennemis pour les brûler. Un capitaine de brûlot est condamné à la pendaison lorsqu'il est pris par l'ennemi (Furetière).
v.36 *Leçon originale*: Palcorbleu
v.37 *la Comette*: son passage paraît en relation avec des événements malheureux, funestes.
v.39 synonyme de barbares.

MARILLE.

La misere!
Estiez-vous-là?

GOULEMER. [342]

Nenny, c'estoit mon petit Frere.
Nostre Bord receut d'eux, trois cens coups de Canon,
Ou n'en receut pas un. Ah c'estoit tout de bon,
45 Jamais Vaisseau ne peut le rechaper plus belle,
Je crû qu'ils en vouloient faire de la Canelle.
Il semble à ces Gens-là qui n'ont jamais rien vû,
Que chacun soit comme eux. A vous?

FRELINGUE.

C'est assez bu.

MARILLE.

Peut-on voir tant de Gens tuez sur un Navire?
50 Je frémy seulement de l'avoir oüy dire.
Où les enterre-t'on ces Morts cependant?

GOULEMER.

Enterrez dans la Mer.

BADZIN.

Le Cimetiere est grand,
Madame Hollande estoit & grasse & potelée.

---

v.45 *rechaper* : échapper.
v.46 Goulemer parle du commerce des épices.
v.53 la Hollande était, avant cette guerre, fort prospère.

MARILLE.

Elle en a pour sa graisse, elle s'en est allée.

BADZIN.

55 Mais maigrir tout d'un coup!

MARILLE.

Il n'est rien de pareil;
Elle a fondu d'abord comme Beurre au Soleil.
Elle est toûjours debout.

FRELINGUE.

Debout? Doit on permettre ...

MARILLE.

A peine trouve-t'elle une place à se mettre;
Son mal la prend par tout.

BADZIN.

Qu'on change en peu de temps.
60 Elle n'est plus d'humeur à brocarder les Gens. [343]

MARILLE.

Oüy, c'estoit sa coûtume, elle la paye bonne.

BADZIN.

C'est qu'il ne faut jamais se railler de personne.

---

v.54 *Elle en a pour* : quant à.
v.56 *au soleil*: devant le Roi-Soleil.
v.58 les places fortes sont prises les unes après les autres.
v.59 *Leçon originale:* pat tout.
v.60 par l'intermédiaire des libraires d'Amsterdam. La Hollande est le principal centre de la librairie qui inonde la France de littérature subversive.

Les Gens ne disent rien quand on les a piquez:
Mais aprés, comme on voit, les moqueurs sont moquez.

MARILLE.

65 Fusse Nostradamus, auroit-il pû comprendre,
Que des maux si fâcheux dussent jamais la prendre,
Dans le meilleur état qu'elle ait jamais esté?

BADZIN.

On ne pouvoit pas estre en meilleure santé.

SCENE II.

PACOLE, BADZIN, MARILLE,
L'HOSTE, GOULEMER,
FRELINGUE.

PACOLE.

Marille, venez donc? Viste l'on vous demande.

MARILLE.

70 Qui presse donc si fort?

PACOLE.

Hé Madame Hollande.

MARILLE. [344]

Est-ce qu'elle est plus mal?

v.65 capable des prédictions de Nostradamus.
v.67 cette prospérité était à la fois économique, commerciale et maritime.La marine hollandaise était la plus puissante du monde et les manufactures étaient florissantes.

PACOLE.

Eh non pas autrement,
Mais elle ne sent pas son mal assurement.

MARILLE.

Ecoute donc, viença, qu'en penses-tu, Pacole?

PACOLE.

Je pense que son mal la fait devenir folle.

MARILLE.

75 Est-ce que tu l'as veuë en quelque égarement?

PACOLE.

Vrayment oüy, mais cela n'a duré qu'un moment.
Ah sa pauvre cervelle estoit bien dévoyée!
Elle s'est mise à rire à gorge deployée;
Puis elle a fait un saut qui nous a tous surpris.
80 Nous l'avons veuë aprés reprendre ses esprits.
Beline en vient d'avoir une frayeur extréme.

MARILLE.

Ce mal ne l'avoit point encor prise de mesme.
Mais Beline est donc là qui ne la quitte pas?

PACOLE.

Oüy; Mais venez-vous-en.

MARILLE *emmene Frelingue.*

Je marche sur tes pas.

---

v.80 après l'allégorie, revient le réalisme, la Holande est traitée comme une véritable malade, entourée de ses proches.

BADZIN.

85 Çà

L'HOSTE *à Badzin qui rentre.*

Payez là-dedans. Helas! que c'est dommage!

GOULEMER.

Qu'avons-nous?

L'HOSTE.

Vous avez pour dix sols de Fromage,
Quatorze sols en Biere, et pour deux sols de Pain,
J'oubliois pour chacun sept sols de Bran-de-Vin,
Ce sont quarante sols tous justes de depense.

GOULEMER. [345]

90 Oüy? Recontez un peu, Vous vous trompez, je pense.

L'HOSTE.

Vous avez pour chacun sept sols de Bran-de-Vin,
Nous ne comptons je croy que pour deux sols de Pain,
Quatorze sols en Biere, et dix sols de Fromage,
Pour avoir recompté, quarante sols.

GOULEMER.

Courage.

L'HOSTE.

95 Cela fait quatre-francs.

---

v.88 *Bran-de-Vin*: eau de vie. Ménage dévore ce mot de Brance, un vieux mot gaulois (bien), excrément de l'homme qui décharge son ventre (Furetière).

GOULEMER.

Estes-vous hebesté?
Comment? Quarante sols pour avoir recompté!

L'HOSTE.

Autant.

GOULEMER.

Je les payerois?

L'HOSTE.

Qui donc? Belle demande!
Ignorez-vous encor la mode de Hollande?

GOULEMER.

Oüy, ma foy, je l'ignore.

L'HOSTE

Oh soyez-en instruit:
100 Adjoustons à cela quatre-francs pour le bruit.

GOULEMER.

Pour le bruit quatre francs!

L'HOSTE.

J'oubliois pour le Beurre
Vingt sols. Ce sont neuf-francs qu'il me faut tout à l'heure.

---

v.98 épisode de la guerre économique. 'La Hollande, maltraitée par de nouveaux tarifs, sollicitait en vain des dégrévements. Elle répondit aux prohibitions par des prohibitions. Elle interdit les eaux-de-vie de vin, et mit des droits élevés sur les soieries, le sel et d'autres marchandises'. Dareste, A.E.C., *Histoire de France*, p. 442.

GOULEMER.

Quatre francs pour le bruit!

L'HOSTE. [346]

Estes-vous Hollandois?

GOULEMER.

Oüy : mais vous me prenez je croy pour un François?

L'HOSTE.

105 Voulez-vous pas payer?

GOULEMER.

Je ne veux pas debattre:
Mais quatre francs c'est trop.

L'HOSTE.

Je n'en puis rien rabbatre.
Avec vos bou-bouë, hé qu'est-ce que cela?
Un François eut payé vingt francs de ce bruit-là:
Et plaignez-vous encor? Vous sçavez qu'en Hollande
110 Il faut sans contester payer ce qu'on demande,
Et que jamais aussi nous n'avons le defaut
De compter comme en France, un sol plus qu'il ne faut.

GOULEMER.

Je le sçay bien. Pourtant je doute fort qu'en France
Un François trouvast là pour neuf francs de depense.

L'HOSTE.

115 Enfin les François font à leur mode de là:

---

v.110 mise en évidence du goût des Hollandais pour l'argent.

Et la nostre est ainsi. Neuf francs donc?

GOULEMER.

Les voila.

L'HOSTE.

Allons. Si cecy dure, il faut fermer Boutique.

GOULEMER.

Pourquoy?

L'HOSTE.

Depuis deux mois je n'ay plus de pratique;
Le grand mal de Madame attriste mes Chalans.

GOULEMER. [347]

120 Et vostre marchandise aigrit en peu de temps.
Elle veut du debit.

L'HOSTE.

Diable oüy. J'apprehende;
J'entens d'icy les cris de Madame Hollande.
Ils rentrent, et le Theatre se change en la Chambre de Madame Hollande.

---

v.117 la guerre prive les commerçants de leurs ressources; les deux mois, période d'avril à juin, correspondent à l'invasion française.

v.119 *Chalans*: celui qui a coutume d'acheter à une boutique, chez un même marchand. Le mot pourrait venir du Grec *Kalo, voco* car les marchands ont l'habitude d'appeler leurs clients à l'aide de la voix (Furetière).

Indication scénique: *cette indication scénique, incomplète, ne permet pas de comprendre comment s'effectue le changement de lieu. Y a-t-il des compartiments sur la scène?*

SCENE III.

LA HOLLANDE, BELINE,
MARILLE.

LA HOLLANDE *menée par dessous les bras,*
et mise dans une Chaise.

Ah, Beline, mon mal penetre jusqu'aux os.

BELINE.

Si vous pouviez un peu demeurer en repos....

LA HOLLANDE.

125 Demeurer en repos! Le puis-je, miserable,
Lorsque j'ay des Voisins qui font un bruit de Diable?

BELINE.

Vos forces sont encor grandes.

LA HOLLANDE.

Je le sçay bien;
Mais ces forces pourtant ne me servent de rien.

BELINE. [348]

En ces sortes de maux, les forces sont utiles.

LA HOLLANDE.

130 Elles agissent peu, les membres sont debiles,
Et je puis bien helas! dire avec douleur,

Indication scénique: une Chaise - *il s'agit de la chaise percée.*
v.126 *des Voisins:* sont les princes allemands et les Suédois.

Que j'ay des forces,mais que je manque de coeur.

BELINE.

Vous sautiez bien tantost.

LA HOLLANDE.

Ha que l'on me soûtienne,
Je sauteray bien mieux avant que l'Hyver vienne.
135 N'a-t'on rien qui me pût fortifier le coeur?

MARILLE.

Oüy, Madame, il vous faut prendre quelque liqueur.

LA HOLLANDE.

Un peu de Vin d'Espagne, il m'est bon.

BELINE.

Ce Breuvage
Est le seul qui vous peut donner quelque courage.

LA HOLLANDE.

Oüy, s'il n'est point aigry, ny gasté, j'en boiray,
140 Il me fortifiera je croy, j'en useray.
Ah, ah, ce Vin d'Espagne, attend-on que je meure?

MARILLE.

On vous le va querir, Madame, tout à l'heure.

---

v.132 *coeur* : courage.
v.133 le mal de la Hollande est récent et la pièce de Poisson, une oeuvre de circonstance.
v.137 *Vin d'Espagne* : une convention avait été signée par les Espagnols en 1671. Cependant, comme ils désiraient conserver les Pays-Bas sous tutelle, ils n'intervenaient pas.

LA HOLLANDE.

Quand mon mal commença, j'en prenois tous les jours,
Il n'a pû cependant en arrester le cours.

BELINE.

145 Mais le Tonnerre icy s'est toûjours fait entendre,
Il peut estre tourné.

LA HOLLANDE.

Je n'en pourrois pas prendre,

MARILLE.

Hé bien, s'il est gasté, prenez-le par en bas.

LA HOLLANDE. [349]

Qu'entens-tu par en bas?

MARILLE.

Oüy

LA HOLLANDE.

Je ne t'entens pas.

Est-ce ce Vin d'Espagne?

MARILLE.

Oüy, prenez-le en Clistere.

LA HOLLANDE.

150 Hé bien fais-le porter chez mon Apoticaire,

---

v.144 désillusion en regard d'une situation qui se dégrade tous les jours.
v.145 *par-en-bas* : en clystère, peut-être.

Qu'il l'apporte au plutost: mais Marille, il faut bien
Qu'il me preste un Canon, car j'ay perdu le mien.
Qu'il estoit doux, Marille, et que j'en crains un autre

MARILLE.

Jamais Canon ne fit moins de mal que le vostre.
Marille rentre.

SCENE IV.

PACOLE, LA HOLLANDE,
BELINE.

PACOLE.

155 Madame, Flandre est là, qu'on n'entend presque pas,
Avec son baragoüin, vous demande là-bas.

LA HOLLANDE.

La persecution est grande. Hé bien, qu'elle entre.
Ha le ventre, le ventre. Ah ventre, ventre, ventre.

SCENE V. [350]

LA FLAMANDE, LA HOLLANDE, BELINE.

LA FLAMANDE.

Je ly viens point vous voir pour ly fer vous jurer,
160 Mon Dame je ly viens pour ly vous assurer...

---

v.152 mauvais jeu de mots, le canon servant à donner le lavement. C'est un petit tuyau placé au bout des seringues.
v.154 Poisson brocarde méchamment la Hollande, qu'il prend plaisir à humilier, maintenant qu'elle est vaincue.
v.155 *Flandre*: la voisine, qui représente les Pays-Bas espagnols, souffre du même mal.
v.156 Poisson utilise fréquemment le patois dans son œuvre. Voir *L'après-soupé des auberges* ou *Le poète basque*.
v.159 Poisson revient au dialecte, dont il se sert souvent comme source du comique verbal.

LA HOLLANDE.

Hé je ne jure point, c'est qu'avec des tenailles,
Des Demons, que je croy, m'arrachent les entrailles.

LA FLAMANDE.

Quoye donc, c'est stimal, mon Dam, qui vous l'avez,
Gel vous croye abil fort, si vous vous l'en sauvez.

LA HOLLANDE.

165 Ha je m'en doute bien.

LA FLAMANDE.

On le peut vous bien plaindre,
Et je le croye bien fort que vous ly devez craindre.
Je l'ay bien eu sté mal, c'est ly plus grand dy tous.
Gy ly fus pourtant pas malad si tant que vous.

LA HOLLANDE.

Quand vous prit-il ce mal?

LA FLAMANDE.

Gy m'en l'estois moquée:
170 Dans l'an soissanty-sep gy l'en fus attaquée.

LA HOLLANDE.

Je m'en moquois de mesme, et ne le croyois pas;
Je l'aurois defié, mais il m'a mise à bas. [351]

---

v.163 *traduction* : c'est ce mal, Madame, si vous l'avez, je vous crois fort habile, si vous en guérissez.

v.167 *traduction*: je l'ai bien eu ce mal, c'est le plus grand de tous. Je ne fus pourtant pas aussi atteinte que vous.

v.170 les Pays-Bas espagnols, en vertu du droit de dévolution, étaient revendiqués par Louis XIV; notamment, le duché de Brabant, Anvers, Malines et la Haute Gueldre. En 1667, il reprit Armentières, Tournai, Douai et Courtrai que la Flandre considère, à la page suivante, comme ses enfants.

BELINE.

Et si bas, que chacun doute qu'elle en releve.

LA HOLLANDE.

C'est un mal empesté dont tout mon monde creve.

LA FLAMANDE.

175 Il est michant sti mal, jel save bien mon foy,
Il m'emporte d'un coup quatre l'Enfans dy moy.

LA HOLLANDE.

J'attens des Medecins de grande experience,
Qui me soulageront.

BELINE.

Qui la tuëront, je pense;
Ils sont tous Etrangers. L'Epagnol et l'Anglois.
180 Et l'Allemand encor, bref jusques au François,
Quelques-uns de ceux-là la tuëront, je m'assure.

LA FLAMANDE.

Desté Consulty-là gil tir point bon laugure;
Gil trouve grand vostry mal, gel voye qu'il vous a mis
Dans l'esprit de ly voir tretous vos l'Ennemis.
185 Mon Dam, songez-ly bien à tous vos grands affaires,
Les Medecins dyhors, qu'il entre lis Notaires;

---

v.173 aparté de Béline qui apprécie la situation.
v.175 *jel save*: je le sais bien.
v.179 *leçon originale:* L'Epagnol
les anciens alliés ont déserté, et les Français passent à l'offensive. Comme dans la plupart des comédies, Béline, la suivante, représente le bon sens.
v.181 j'en suis sûre
v.182 de cette consultation-là, je ne tire pas bon augure
v.184 *tretous*: très et tout: marque du superlatif: tous vos ennemis. La Flandre a subi l'invasion française, elle est suspecte.
v.186 allégorie, il faut signer les traités, comme on déplace un notaire pour rédiger un testament.

Le servelle ly tourn, ly tourn ly jugement,
Et l'on pouve jamais ly faire dy Testament.

LA HOLLANDE.

Madame s'il vous plaist, finissez vostre prosne.

LA FLAMANDE.

190 Desti mal-là mon face il devient blanc tout jaune:
Et comme vostry mal qu'il est contagieux,
Gil veux point que mes yeux il y voye vos yeux:
Toute ces Medecins ly sont Bourreaux, mon Dame.
Il vont faire mourir vous, Dieu prenne vous vostre ame.

LA HOLLANDE. [352]

195 L'impertinente Masque! Ah que j'en ay souffert!
Pour me desesperer, elle estoit de concert:
La petite Guenon, avec son flux de bouche
De Flamande Francisé, diroit-on qu'elle y touche?
Ah, ah, le maudit mal! Ah je me sens fort bas.
200 Eh tous ces Medecins?

SCENE VI.

MARILLE, PACOLE, LA HOLLANDE, BELINE.

MARILLE.

Ils arrivent là-bas.

---

v.189 *prosne* : prêche.
v.192 *traduction*: Je ne veux point que mes yeux voient vos yeux.
v.194 la Flandre craint que le mal ne gagne les provinces voisines, sans leur laisser la moindre chance de salut.
v.195 *masque* : terme injurieux qu'on adresse aux femmes du peuple (Furetière). Le mot est méprisant; au figuré, les masques sont des hypocrites.
v.197 *flux de bouche* : flot de paroles.
v.198 *y touche* : on dit d'un hypocrite malicieux, qu'il ne semble pas qu'il y touche (Furetière).
v.200 intérêt dramatique : *les bourgmestres, autres responsables du mal, apparaissent.*

PACOLE.

Deux Bourguemestres-là...

LA HOLLANDE.

Qu'ils aillent tous aux Diables,
Je ne puis plus souffrir ces Monstres effroyables.

SCENE VII. [353]

DEUX BOURGUEMESTRES,
LA HOLLANDE, BELINE.

1. BOURGUEMESTRE.

Hé, Madame, tout-beau.

LA HOLLANDE.

Vos conseils odieux,
N'ont-ils pas attiré tout le mal dans ces lieux!
205 Si vos esprits grossiers eussent preveu ces choses,
Tout cela n'eut esté peut-estre que des roses,
Je serois en repos, et ce mauvais air-cy,
Ne seroit pas venu m'étouffer jusqu'icy,
Et me tirer enfin les entrailles du ventre.

2. BOURGUEMESTRE.

210 Pouvons nous empescher, Madame, que l'air n'entre?
Un air subtil encor comme l'est celuy-là.
Nous n'avons point d'emplastre à mettre à tout cela,
Et ces affaires-cy sont bien embarrassantes.
Vous nous dites encor des paroles piquantes;
215 Vous pourriez bien pour nous avoir plus de bonté,

---

v.204 il s'agit des conseils républicains; allusion au gouvernement des frères de Witt, accusés d'avoir conduits le pays à la guerre.
v.211 les bourgmestres isolationnistes ne voulaient pas d'aide étrangère.

Et faire moins d'outrage à nostre Dignité.

LA HOLLANDE.

Eh que ces Medecins viennent en diligence?

1. BOURGUEMESTRE. [354]

Mais nostre mal, Madame, est plus grand qu'on ne pense,
Puis qu'il n'est que trop vray que le Sort nous a mis
220 Au point de recourir à tous nos Ennemis.
Mais qui nous force à faire une telle bevuë:
Devons-nous endurer, Madame, qu'on vous tuë?
Pretendez-vous avoir des consolations,
En mandant des Bourreaux de toutes Nations??
225 S'ils peuvent approcher un jour vostre Personne,
En est-il quelqu'un d'eux qui ne vous empoisonne.
Qui n'avance vos jours, et ne soit envieux
De ce que vous avez rarement besoin d'eux?
De voir vostre santé d'une telle durée,
230 Que tout l'air infecté ne l'a point alterée?
Qu'eux-mesmes affligez, ils ont cent fois dit tous,
Que la santé n'estoit au Monde que pour vous?

2. BOURGUEMESTRE.

Plus vostre mal est grand, plus leur ame est ravie:
Prenons un autre biais pour vous sauver la vie,
235 Mais prenons-le chez nous, et que vos Assassins
S'en retournent chez eux faire les Medecins.

LA HOLLANDE.

Que vous me fatiguez d'inutiles harangues!

---

v.221 *Leçon originale*: une celle bevuë
v.224 les chefs d'Etat cités en qualité de médecins.
v.227 *avance vos jours* : attente à vos jours.
v.230 la guerre *dure*, en fait, depuis 1667-1668, époque de la conquête des Pays-Bas espagnols.
v.235 Le deuxième bourgmestre insiste sur la nécessité de trouver à cette situation une solution locale, sans compter sur un secours venu de l'étranger. Poisson parait très justement informé.
v.237 *harangues* est employé au figuré, avec le sens de discours long et ennuyeux, contenant des reproches. Furetière indique cette signification.

Hé laissez en repos vos ignorantes langues.

SCENE VIII. [355]

PACOLE, MEDECIN FRANCOIS, MEDECIN ANGLOIS, LES BOURGUEMESTRES, LA HOLLANDE, BELINE.

PACOLE.

Le Medecin François, et l'Anglois sont icy.

LA HOLLANDE.

240 Voila déja l'Anglois.

BELINE.

Le François?

PACOLE.

Le voicy.

LA HOLLANDE.

Ha! ha!

LE FRANCOIS.

Qu'avez-vous donc?

L'ANGLOIS.

Vos transports sont extrémes.

---

v.239 ils represéntent le plus grand danger, par terre et par mer.
v.241 en médecine, les transports caractérisent une fièvre violente (Voir Furetière).
v.243 Le 1er bourgmestre montre à son tour son nationalisme.

LA HOLLANDE.

Hé qui le peut sçavoir, Messieurs, mieux que vous mesmes!

1. BOURGUEMESTRE.

Pouvons-nous bien souffrir ces Nations chez nous?

2. BOURGUEMESTRE. [356]

S'ils nous pouvoient crever....

L'ANGLOIS.

Taisez-vous?

LE FRANCOIS.

Taisez-vous?

1. BOURGUEMESTRE.

245 Nous parler de la sorte! Apprenez à connaistre
Un Bourguemestre icy? Sçachez qu'il est le Maistre,
Qu'il a le plain pouvoir, & que l'estans tous deux,
Vous ne sçauriez avoir trop de respect pour eux?
Qu'ils vous renverseroient de leur vent, de leur soufle?
250 Voyez, Madame, et puis ....

LE FRANCOIS.

Taisez vous, gros maroufle?

1. BOURGUEMESTRE.

Une telle insolence excite mon courroux.

---

v.246 définition du pouvoir républicain, en Hollande, à travers ses représentants.

v.250 *maroufle* : terme injurieux que l'on adresse aux gens à l'esprit grossier et au corps déformé par l'obésité (Furetière). Ici, il faut voir dans cette insulte le mépris que ressent un aristocrate devant un manant.

Vous m'appellez Maroufle, Insolent?

LE FRANCOIS *luy donnant un souflet.*

Taisez vous?

2. BOURGUEMESTRE.

Un souflet devant moy! devant Madame Holande!
Madame, peut-on voir hardiesse plus grande?
255 Icy le plus hupé tremble en parlant à nous,
Hé...

L'ANGLOIS.

Taisez-vous gros Asne?

2. BOURGUEMESTRE.

Insolent!

L'ANGLOIS *luy donnant un souflet.*

Taisez vous?

Les deux Bourguemestres sortent en saluant Madame Hollande tristement, la main sur leur jouë.

LA HOLLANDE. [357]

Vous en usez ainsi, Messieurs. Je vous le cede.

L'ANGLOIS.

Selon le mal, il faut appliquer le remede.

LA HOLLANDE.

Mais sans Apoticaire, & sans Chirurgien,

v.255 *à nous*, inversion: en nous parlant.
Indication scénique: *symboliquement, ils représentent le pouvoir contesté du gouvernement de Witt.*

260 Vous le faites vous-mesme, & vous l'appliquez bien.

LE FRANCOIS.

Il faut à certains maux des remedes extrémes.

LA HOLLANDE.

Ceux que vous me ferez, Messieurs, sont ce les mesmes?

LE FRANCOIS.

Hé nous venons icy, Madame, exprés pour vous,
Et nous vous apportons des remedes plus doux,
265 Tout ce qui maintenant pourra vous satisfaire,
Ou nous vous le ferons, ou vous le ferons faire.

LA HOLLANDE.

Hé depeschez.

LE FRANCOIS.

Avant que de rien ordonner,
Mon avis est, qu'il faut la faire promener.

L'ANGLOIS.

Madame, levez-vous? Mon avis est le vostre.

LA HOLLANDE.

270 Je ne crois pas pouvoir mettre un pied devant l'autre.
Viste, viste, ma Chaise. Ah que j'ay mal au coeur!

---

v.261 *remèdes extrémes* : violente jusqu'au dernier point (Furetière).

v.268 nous quittons l'allégorie pour la farce.

v.271 *Ah que j'ay mal au cœur!*: le courage lui fait défaut, elle se pâme. Ironie de Poisson qui ne pouvait prévoir comment se termineraient ces événements de juin 1672.

LE FRANCOIS.

Voicy le Medecin Espagnol. Serviteur.
Disant ce dernier mot, il tire la Chaise de Madame Holande, qui tombe.

SCENE IX. [358]

LA HOLLANDE, LE MEDECIN ESPAGNOL,
LE MEDECIN FRANCOIS, LE MEDECIN ANGLOIS.

L'ESPAGNOL *la releve, et elle se laisse encor tomber en devant.*

Monsieur, Madame Hollande est je pense tombée.

BELINE.

Les Medecins la relevent encor, et la remettent dans sa chaise, et lors ce demy-Vers se dit.

Monsieur, relevez-là. Je croy qu'elle est pâmée.

L'ESPAGNOL.

275 Hé je luy vay donner de mon *Catholicum.*
Il est miraculeux.

---

v.272 la farce garde ses droits chez les Grands Comédiens, malgré tout, le spectacle est digne de la Foire.

v.273 apparition du médecin espagnol dont on attendait le secours, à la scène 3.
Madame Hollande: *Un peu de vin d'Espagne, il m'est bon.*
Et encore: *Oüy, s'il n'est point aigry, ny gasté, j'en boiray.*

v.275 allusion aux querelles religieuses, les Pays-Bas étant protestants, et à l'occupation. *Catholicon:* premier des remèdes purgatif (Furetière). La *Satire Ménippée* a pour sous-titre : *La vertu du catholicon d'Espagne.*

LE FRANCOIS.

Elle revient.

L'ESPAGNOL.

Bon, bon.

BELINE.

Estes-vous mieux, Madame?

L'ANGLOIS.

Hé la voila remise.

L'ESPAGNOL. [359]

De mon *Catholicum* avalez cette prise.

BELINE.

Helas! elle se meurt, Monsieur, c'est du poison.

LE FRANCOIS.

280 Elle est fort mal, Monsieur.

L'ESPAGNOL.

Quoy? mon *Catholicum*
Donne la vie.

MARILLE.

Helas! il a fait le contraire.

---

v.280 allusion au protectorat.

L'ESPAGNOL.

Mais comment diable encor cela se peut-il faire?
Voila depuis deux ans que j'en donne à la Cour,
Pour la troisiéme fois qu'il m'a joüé ce tour.
285 Mais son pouls est fort bon.

Il tient la bras de Beline, croyant
tenir celuy de la Malade.

BELINE.

C'est mon bras, elle est morte.

L'ESPAGNOL.

Je le croyois le sien; ou le diable m'emporte.
Je m'étonnois aussi qu'elle eust le pouls si bon.

BELINE.

Vous me serriez les bras d'une étrange façon!

L'ESPAGNOL.

Elle revient.

LA HOLLANDE.

Messieurs!

LE FRANCOIS.

Les plus nobles parties
290 N'agissent presque plus, n'ont plus ces simpaties
Ny cette égalité dedans leurs fonctions,
Et cela cause en vous ces agitations,

Indication scénique: *Poisson utilise le comique de gestes.*
v.288 il s'agit de l'occupation territoriale.

Tous vos Membres estant de Provinces Unies,
Mais qui ne l'estans plus, toutes ces harmonies [360]
295 Ne font plus qu'un Çachos : Enfin tout est pery,
D'un concert que c'estoit, c'est un Charivary,
Les esprits y manquans, la gangrene succede,
Il faut pour lors courir au perilleux remede,
Il faut dis-je, extirper, & joüer des couteaux.
300 Ainsi ce corps formé par dés membres si beaux,
Qui sembloit defier la mauvaise influence,
Tout d'un coup est détruit, et tombe en decadence,
Pour n'avoir point usé de ces precautions
Qui previennent le mal par des Purgations.

LA HOLLANDE.

305 Un autre Medecin qui se croit grand Génie,
Pour montrer ce qu'il sçait, m'attend à l'agonie.
C'est un Allemand.

L'ANGLOIS.

Oüy, n'ayez aucun soucy,
Ce sera fait de vous, avant qu'il soit icy,
Il a la goute.

LA HOLLANDE.

Luy?

L'ANGLOIS.

Pour le moins je m'en doute.
310A voir comme il en use, il faut qu'il ait la goute,

---

v.293 les Province-Unies connaissent des dissensions qui permettent aux étrangers de s'introduire dans ces provinces avec davantage de facilité.

v.296 *charivary* : Bruit que font les gens du peuple avec des poêles et des chaudrons pour faire injure à quelqu'un (Furetière). Le sens politique est: manque d'entente et d'organisation entre les provinces.

v.300 *Leçon originale*: se corps

v.302 puissance déchue de la Hollande qui se meurt sous l'effet des invasions multiples et de l'abandon de ses alliés.

v.307 *un Allemand*: il constitue le dernier espoir des Hollandais; un traité avait été signé le 24 avril 1672, avec l'électeur de Brandebourg.

Et quand il faut guerir un mal si violent,
C'est un foible secours, qu'un remede si lent:
Le voicy.

SCENE DERNIERE

[361]

LA HOLLANDE, LE M. ALLEMAND, LE M. FRANCOIS,
LE M. ANGLOIS, LE M. ESPAGNOL, BELINE.

L'ALLEMAND *fourré par tout,*
venant fort lentement.

J'ay la goute aux pieds, ne vous déplaise.

L'ESPAGNOL.

Elle mourra devant qu'il puisse estre à sa chaise.
315 L'un aprés l'autre enfin voyons donc ce qu'elle a,
Et tâchons, s'il se peut, à la tirer de là.

LE FRANCOIS.

Voyons la langue un peu.

LA HOLLANDE.

Ma mort est asseurée.

LE FRANCOIS.

Ah la méchante langue! elle est toute ulcerée;
Le plus fort gargarisme est inutile là;
320 Nous n'avons que le feu pour dessecher cela.

---

v.313 faible recours pour une malade à l'agonie.
v.320 c'est-à-dire l'incendie et la violence, sous-entendu la cautérisation.

L'ALLEMAND.

Le pouls intermitant un fort mauvais augure:
Elle ne la fera pas longue je m'assure.

BELINE.

Peut-elle encor durer quelque temps?

L'ALLEMAND.

Eh pas trop.
On void bien que ce mal l'emmeine au grand galop,
325 Il est fort violent, la Nature est peu forte, [362]
Et je ne doute point du tout qu'il ne l'emporte.
Oüy, le mal est trop grand pour la pouvoir guerir,
Je m'en vay, ne pouvant icy la secourir. *Il rentre.*

L'ESPAGNOL.

Mais je ne la voy point encor desesperée,
330 Son mal ne marque point une mort assurée.

LA HOLLANDE.

Mon espoir est en vous, ne m'abandonnez pas.

L'ESPAGNOL.

Je ne vous quitte point jusqu'à vostre trépas;
Je l'ay promis, Madame, et je tiendray parole.

LA HOLLANDE.

Hé c'est dans mon malheur tout ce qui me console,

---

v.324 Poisson suppute une victoire totale des alliés, extrêmement rapide.
v.331 l'Espagnol restera jusqu'à la fin, mais sans intervenir, en spectateur.

L'ESPAGNOL.

335 Vostre mal toutefois, Madame a pris un cours,
Qu'on ne peut arrester qu'avec un grand secours,
Et mesme il n'est pas seur, quelque grand qu'il puisse estre,
Qu'il le pût estre assez pour en estre le maistre:
Mais je vous veux servir sans interest, ainsi
340 Je ne prétens de vous qu'un simple grand-mercy.

LA HOLLANDE.

Que pourrois-je donner? je suis dans l'impuissance.
Chacun sçait qu'autrefois j'estois dans l'opulence:
Qu'une personne alors fut pauvre à n'avoir rien,
Qu'elle eust avidité de se voir quelque bien,
345 Helas! elle n'avoit, pour estre satisfaite,
Que s'en venir chez moy, sa fortune estoit faite.

LE FRANCOIS.

Vous n'avez point usé de regime du tout,
Madame, vostre mal nous pousse tous à bout;
Vostre clou, vostre poivre, et vos epiceries,
350 N'adjoustent rien rien de bon à vos intemperies,
Vos fromages encor irritent ce mal là,
Et vous ne vous pouviez passer de tout cela. [363]

LA HOLLANDE.

Je pense que les eaux me seroient salutaires.

---

v.338 la politique intérieure de la Hollande est mise en cause : elle rend la situation désespérée.

v.343 *Leçon originale:* uatrefois

v.346 elle avait été un pays libéral, accueillant les dissidents de tous genres, et favorisant la liberté de pensée. Allusion également à l'état florissant du pays qui permettait à n'importe qui de s'enrichir.

v.347 On s'en prit aux Hollandais, à leur orgueil qui prétendait arrêter nos entreprises, à leur ingratitude pour les anciens services que la France leur avait rendus. Les passions populaires se déchaînent contre ce petit peuple de républicains, de marchands et de calvinistes pour lesquels on ressentait à tous ces titres une naturelle antipathie. Dareste, *Histoire de France*, p. 427.

v.349 voir Introduction.

v.353 *les eaux:* les inondations par rupture des digues.

L'ESPAGNOL.

Les Minerales? point, elles vous sont contraires.

LA HOLLANDE.

355 J'entens parler des eaux de ce Pays.

L'ESPAGNOL.

Ah bon.
Oüy, les eaux du pays seroient fort de saison,
En grande quantité sans doute elles conservent,
Et nuisent autrement bien plus qu'elles ne servent.
Mais le Soleil icy brûle & desseche tout,
360 Où les prendre? Il n'est rien dont il ne vienne à bout:
Et cet Astre brûlant qui vous est si contraire,
Donne un peu trop à plom dessus vostre hemisphere

L'ANGLOIS.

Examinons un peu tout ce bas ventre-cy.
Panchez-vous sur le dos? vous estes bien ainsi.
365 Que de malignité là-dedans est enclose!
Il est aisé de voir et le mal et la cause:
Mais que ferons-nous là, Messieurs? vous voyez bien
Par ce qui vous paroist, que le tout n'en vaut rien,
Que ce bas ventre est plein de chose étrangeres,
370 Qui n'ont déja que trop enflamé les visceres.
A ces sortes de maux, le remede effectif,
Est de luy faire prendre un fort grand vomitif.

LA HOLLANDE.

Un vomitif, Monsieur! Je ne puis plus rien prendre.

---

v.359 voir v. 56.
v.369 invasion française, en particulier.

L'ANGLOIS.

C'est l'unique remede : Il faut crever ou rendre,
375 Madame, et prenant tout ce qu'on vous donnera,
Je ne sçay mesme encor si l'on vous sauvera.
Le mauvais vent qui vient du costé de la Terre,
Livre à vostre santé cette mortelle guerre, [364]
Et celuy de la mer qui vous fut excellent,
380 N'est aujourd'huy pour vous qu'un mal tres-pestilent.
Ainsi je suis-certain, si ce mal ne vous tuë,
Que la mer vous doit estre à jamais défenduë,
Et le Poisson sur tout, c'est pour vous un poison,
Gardez-vous d'en manger en aucune saison.
385 Vostre Pesche aux Harans encor, quoy qu'on en die,
Cause une bonne part de vostre maladie.
Il faut luy provoquer un grand vomissement.

LE FRANCOIS.

Et luy tirer du sang, mais copieusement.

LA HOLLANDE.

Quoy me tirer du sang encor? quelle ordonnance!
390 Je n'attendois pas moins d'un Medecin de France.
Je me sens affoiblie, et ne puis faire un pas,
On m'en a tant tiré, que l'on m'a mise à bas.
Medecin dangereux!

L'ANGLOIS.

La langue de Vipere!
Toute preste à mourir, elle ne se peut taire,
395 Des injures toûjours, elle n'a point cessé.

---

v.374 la reddition de la Hollande est souhaitée par ses ennemis.
v.377 voir exposition, scène I.
v.381 pour la premiére fois, Poisson évoque la possibilité d'une faible résistance.
v.383 jeu de mots qui met en cause l'auteur de cette satire, Poisson lui-même.
v.385 il s'agit des litiges survenus entre l'Angleterre et la Hollande, à propos des droits de pêche.
v.394 cf. vv. 2-9.

LE FRANCOIS.

C'est qu'elle veut finir comme elle a commencé.

LA HOLLANDE.

Le chagrin me devore. Helas! que faut-il faire?

L'ANGLOIS.

Vostre mal n'etant pas un mal fort ordinaire,
Il vous faut un remede aussi hors du commun.

LA HOLLANDE.

400 Il n'en est point pour moy.

LE FRANCOIS.

Bon, nous en avons un
Qui contre vostre mal est souverain, Madame.
Vous avez, dites-vous, quelque chagrin dans l'ame.
Vous estes triste? [365]

LA HOLLANDE.

Helas! plus qu'on ne peut penser.

LE FRANCOIS.

Monsieur l'Anglois et moy nous vous ferons danser.

LA HOLLANDE.

405 Danser!

---

v.404 ces principaux artisans des malheurs de la Hollande sont sans cesse cités dans cette comédie. Le caractère grotesque de la farce rappelle la *Mégère amoureuse* en 1668.

L'ANGLOIS.

C'est le remede à vostre maladie:
La joye est l'antidote à la mélancolie.

LA HOLLANDE.

Que mes Violons donc viennent dans le Sallon.

LE FRANCOIS.

Hé nous vous ferons bien dancer sans violon.

LA HOLLANDE.

Vous vous moquez.

L'ANGLOIS.

Point, point. Estes vous la premiere
410 Que Monsieur le François traite de la maniere?

LA HOLLANDE.

Un petit violon, Messieurs, j'en ay de bons.

LE FRANCOIS.

Oüy, vous avez chez vous de plaisans violons?

LA HOLLANDE.

Je ne sçaurois dancer, ma foiblesse est trop grande.

LE FRANCOIS.

Vous dancerez pourtant, Madame la Holande,
415 C'est l'unique moyen de vous guerir.

---

v.410 allusion à la politique de conquête territoriale menée par Louis XIV, depuis plusieurs années.
v.415 le sadisme de ces médecins est souligné, tandis que la farce s'achève en musique.

LA HOLLANDE.

Hé bien,
Puis que vous le voulez, éprouvons ce moyen,
Mon coeur pour ce remede a de la répugnance,
Et c'est, à dire vray, malgré moy que je dance.

LE FRANCOIS.

Là, vous voila fort bien, il vous observera.

L'ANGLOIS. [366]

420 Et quand vous broncherez, il vous relevera.

LE FRANCOIS.

Joüez.

LA HOLLANDE.

Les bons appuis pour la pauvre Holande!

LE FRANCOIS.

Hé joüez donc, Messieurs, puis qu'on vous le commande?

LA HOLLANDE *aprés avoir dancé avec les Medecins.*

Ha mes membres sont morts.

LE FRANCOIS.

Les sentez-vous pas tous!

LA HOLLANDE.

Je ne les sens non plus que s'ils estoient à vous.
425 Messieurs, je ne puis plus, soûtenez-moy, la teste!

Je ne me suis jamais trouvé à telle feste:
Avant que de dancer, Messieurs, je chancelois;
Cependant j'ay dancé plus que je ne voulois.
Ma langue s'épaissit. *Elle dit cette moitié de Vers beguayant.*

LE FRANCOIS.

Voila l'Esquinancie.

L'ANGLOIS.

430 L'Art de la Medecine, et de la Pharmacie,
Ne la peuvent sauver.

LE FRANCOIS.

Le mal augmentera.

L'ESPAGNOL.

Pour moy, je ne sçay pas ce que l'on en fera.

L'ANGLOIS.

Ma foy, ny moy non plus.

L'ESPAGNOL.

Ses maux sont déplorables.

LE FRANCOIS. [367]

Que l'on la fasse donc porter aux Incurables.
435 Messieurs, separons-nous.

---

v.429 la perte de la parole et la faiblesse générale de la Hollande, incapable de soutenir sa tête peuvent être interprétées comme la préfiguration du changement intérieur; le remplacement des de Witt par Guillaume d'Orange est imminent, Poisson fait preuve d'un optimisme nationaliste.
L'esquinancie : terme populaire, employé pour squinancie, inflammation de la gorge et du pharynx qui empêche la respiration (Furetière). Il s'agit de l'asphyxie.

v.434 *Incurable* : l'Hôpital des Incurables.

MARILLE.

Helas! quel creve coeur!

LE FRANCOIS *à l'Espagnol.*

Serviteur.

L'ANGLOIS *à l'Espagnol.*

Serviteur.

L'ESPAGNOL *au Medecin Anglois;*
et le dernier Serviteur au Peuple.

Serviteur, Serviteur.

FIN

---

v.435 *creve cœur*: jeu de mots, le coeur défaillant de la Hollande est sans cesse évoqué.

v.436 dans cette mascarade finale, chacun fait des politesses au voisin. C'est le ton des mondanités dont on use à la signature des traités. Ce tableau est celui que l'on trouve au Musée de la Caricature sur la gravure de la Comtesse à l'agonie avec, autour d'elle, la ronde des médecins. (E. Jaime, *Musée de la caricature ou recueil de caricatures les plus remarquables publiées en France depuis le XIVème siècle jusqu'à nos jours,* 1838, sans pagination.) C'est aussi le caractère caricatural employé par Molière dans plusieurs de ses comédies, notamment le *Malade imaginaire,* avec le ballet final des médecins en 1673.

Extrait du Privilege [368]

Par Grace & Privilege du Roy donné à S. Germain en Laye le treizième jour de Janvier 1678, signé par le Roi en son Conseil Dalancé. Il est permis au Sieur Poisson de faire r'imprimer toutes les Pièces de Théâtre, par luy composées jusques à présent lesquelles ont esté representées, sçavoir: *Les Femmes Coquettes: Le Baron de la Crasse: L'après souper des Auberges: Le Sot Vangé: Le Fou Raisonnable: Les Faux Moscovites: Le Poëte Basque, & la Hollande Malade,* & ce conjointement ou séparément, en un ou plusieurs volumes pendant le tems & espace de six années, à commencer du jour que chaque Piece ou Volume sera achevée d'imprimer pour la première fois en vertu des presentes, durant lequel tems faisons deffences à toutes personnes de quelque condition & qualité qu'elles soient d'imprimer, vendre ny debiter aucunes desdites pieces sans le consentement de l'Exposant ou de ceux qui auront droit de luy, à peine de trois mille livres d'amande payables sans depost par chacun des contrevenans, confiscation des exemplaires contrefaits & autres peines contenuës plus au long dans lesdites Lettres.

Registré sur le livre de la Communauté.

Achevé d'imprimer pour la première fois en vertu des presentes lettres, le 26. Aoust 1678.

TABLE DES MATIERES

[Les illustrations sont reproduites avec l'aimable permission de la Bibliothèque Nationale, Paris].

TEXTES LITTERAIRES

Titres déjà parus

I	Sedaine LA GAGEURE IMPREVUE éd R Niklaus
II	Rotrou HERCULE MOURANT éd D A Watts
II	Chantelouve LA TRAGEDIE DE FEU GASPARD DE COLLIGNY éd K C Cameron
IV	Th Corneille LA DEVINERESSE éd P J Yarrow
V	Pixérécourt COELINA éd N Perry
VI	Du Ryer THEMISTOCLE éd P E Chaplin
VII	Discret ALIZON éd J D Biard
VIII	J Moréas LES PREMIERES ARMES DU SYMBOLISME éd M Pakenham
IX	Charles d'Orléans CHOIX DE POESIES éd J H Fox
X	Th Banville RONDELS éd M R Sorrell
XI	LE MYSTERE DE SAINT CHRISTOFLE éd G A Runnalls
XII	Mercier LE DESERTEUR éd S Davies
XIII	Quinault LA COMEDIE SANS COMEDIE éd J D Biard
XIV	Hierosme d'Avost ESSAIS SUR LES SONETS DU DIVIN PETRARQUE éd K C Cameron et M V Constable
XV	Gougenot LA COMEDIE DES COMEDIENS éd D Shaw
XVI	MANTEL ET COR: DEUX LAIS DU XIIe SIECLE éd P E Bennett
XVII	Palissot de Montenoy LES PHILOSOPHES éd T J Barling
XVIII	Jacques de La Taille ALEXANDRE éd C N Smith
XIX	G de Scudery LA COMEDIE DES COMEDIENS éd J Crow
XX	N Horry RABELAIS RESSUSCITE éd N Goodley
XXI	N Lemercier PINTO éd N Perry
XXII	P Quillard LA FILLE AUX MAINS COUPEES et C Van Lerberghe LES FLAIREURS éd J Whistle
XXIII	Charles Dufresny AMUSEMENS SERIEUX ET COMIQUES éd John Dunkley
XXIV	F Chauveau VIGNETTES DES FABLES DE LA FONTAINE éd J D Biard
XXV	Th Corneille CAMMA éd D A Watts
XXVI	Boufflers ALINE REINE DE GOLCONDE éd S Davies
XXVII	Bounin LA SOLTANE éd M Heath
XXVIII	Hardy CORIOLAN éd T Allott
XXIX	Cérou L'AMANT AUTEUR ET VALET éd G Hall
XXX	P Larivey LES ESPRITS éd M J Freeman
XXXI	Mme de Villedieu LE PORTEFEUILLE éd J P Homand et M T Hipp
XXXII	PORTRAITS LITTERAIRES: Anatole France, CROQUIS FEMININS; Catulle Mendès, FIGURINES DES POETES; Adolphe Racot, PORTRAITS-CARTES éd M Pakenham
XXXIII	L Meigret TRAITE ... L'ESCRITURE FRANCOISE éd K C Cameron
XXXIV	A de La Salle LE RECONFORT DE MADAME DE FRESNE éd I Hill
XXXV	Jodelle CLEOPATRE CAPTIVE éd K M Hall
XXXVI	Quinault ASTRATE éd E J Campion
XXXVII	Dancourt LE CHEVALIER A LA MODE éd R H Crawshaw
XXXVIII	LE MYSTERE DE SAINTE VENICE éd G Runnalls
XXXIX	Crébillon *père* ELECTRE éd J Dunkley
XL	P Matthieu TABLETTES DE LA VIE ET DE LA MORT éd C N Smith
XLI	Flaubert TROIS CONTES DE JEUNESSE éd T Unwin
XLII	LETTRE D'UN PATISSIER ANGLOIS... éd Stephen Mennell
XLIII	Héroët LA PARFAICTE AMYE éd C Hill
XLIV	Cyrano de Bergerac LA MORT D'AGRIPPINE éd C Gossip
XLV	CONTES REVOLUTIONNAIRES éd M Cook
XLVI	CONTRE RETZ: SEPT PAMPHLETS DU TEMPS DE LA FRONDE éd C Jones
XLVII	Du Ryer ESTHER éd E Campion et P Gethner

3 9001 02879 7911